A ESTRANHA
ATRAÇÃO
DOS
PLANETAS
VIZINHOS

CB069636

CLAUDIO FRAGATA

A ESTRANHA ATRAÇÃO DOS PLANETAS VIZINHOS

A ESTRANHA ATRAÇÃO DOS PLANETAS VIZINHOS

elo
EDITORA

© Elo Editora / 2020

Texto fixado conforme o Acordo Ortográfico da Língua Portuguesa de 1990. (Decreto Legislativo nº 54, de 1995).

Todos os direitos reservados. Nenhuma parte desta obra pode ser reproduzida ou transmitida por qualquer meio (eletrônico ou mecânico, incluindo fotocópia e gravação), ou arquivada em qualquer sistema ou banco de dados, sem permissão da Elo Editora.

Publisher: Marcos Araújo
Gerente editorial: Cecilia Bassarani
Revisão: Ana Maria Barbosa e Salvine Maciel
Capa e projeto gráfico: Raquel Matsushita
Diagramação: Entrelinha Design

Dados Internacionais de Catalogação na Publicação (CIP)
(Câmara Brasileira do Livro, SP, Brasil)

Fragata, Claudio
　A estranha atração dos planetas vizinhos / Claudio Fragata. – São Paulo: Elo Editora, 2020.

　ISBN 978-65-86036-71-8

　1. Bullying - Literatura juvenil 2. Literatura juvenil I. Título.

20-43583　　　　　　　　　　　　　　　　CDD-028.5

Índice para catálogo sistemático:
1. Bullying : Literatura juvenil 028.5
Cibele Maria Dias – Bibliotecária – CRB-8/9427

1ª edição, 2020.

Elo Editora Ltda.
Av. Dr. Chucri Zaidan, 1550, cj. 3110, 31º andar
04711-130 – São Paulo (SP) – Brasil
Telefone: (11) 4858-6606
www.eloeditora.com.br

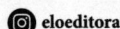 eloeditora eloeditora eloeditora

*A Tiago Machado,
com quem tudo fica mais suave.*

PREFÁCIO

Podemos parecer um tanto esquisitos no reflexo do espelho, no reflexo da lâmina da faca, do vidro do celular... "Tem o nariz do pai, os olhos da mãe, o jeito do avô..." Somos meio Frankenstein, não somos? Afinal, se somos a soma das inúmeras referências de outras pessoas, quem somos? Somos mais ou somos menos? O que você adiciona e o que você subtrai de sua vida? São perguntas intrigantes ou não são? Você já se questionou o que o une a teus amigos, a teus colegas de escola ou à galera do bairro? Qual é o centro gravitacional que o liga aos outros?

Como é difícil ser você mesmo – ufa! – com tantos modelos e padrões sendo vendidos nas vitrines sociais!

Com uma escrita peculiar, que revela a cada linha, a cada virada de página, grandes segredos, o livro *A estranha atração dos planetas vizinhos* é um convite para todos, todas, todxs e todes leitores fazerem essas perguntas junto às personagens Lucas, Igor e Júlia.

Claudio Fragata, conhecido autor, estrutura uma história surpreendente, contemporânea, que reflete os dias atuais e os questionamentos mais complexos dos jovens. O livro pode ser um alinhamento cósmico ou um eclipse lunar!

Mais do que abordar temáticas fundamentais e necessárias para serem discutidas na família, na escola, na roda de amigos, o livro conduz o leitor por três enredos que dialogam, incluem e questionam uma sociedade corroída pelo preconceito, pela falta de informação, pela falta do respeito e de afeto pelo outro.

"Preconceito é uma coisa traiçoeira, que pega a gente pelas costas, basta bobear um pouco." Esta frase costura a história, como um ziguezaguear de serpente que vai mordendo os calcanhares do leitor.

Este é um livro que a juventude precisa conhecer, não importa a idade, o corpo, a região geográfica. Um livro com tantas descobertas e referências na música, no cinema, na literatura e na vida. Se eu te contar que a Júlia tem um segredo, você vai querer saber? O Igor não quer viver em segredo. Você aceita? Já o Lucas está se perguntando se ter o carimbo de esquisito na testa é bom ou não.

Será que somos estranhos no ninho, ou o ninho ficou estranho para nós?

VOLNEI CANÔNICA
é presidente do Instituto de Leitura Quindim.

●●●

1

Eu sei que sou estranho. Não que eu concorde com isso, mas as pessoas estão aí o tempo todo para mostrar o quanto você é esquisito. Basta não seguir as regras do jogo. Basta se desviar da manada. As pessoas não suportam ovelhas desgarradas. Logo pregam em você o rótulo de estranho. Não tenho nada a ver com ovelhas que dizem amém. Sou mais o ornitorrinco. Talvez esse seja o bicho mais estranho do planeta. É aquático como a foca e terrestre como o tatu. Tem bico como o pato e é mamífero como o bezerro. Tem rabo como o castor e bota ovo como a galinha. Mas vá perguntar ao ornitorrinco se ele se acha esquisito. Com certeza, a resposta será não. Todas essas esquisitices são o que fazem dele um ornitorrinco. Somos nós que o vemos como esquisito. Ele vai bem, obrigado. Único na zoologia. Uma força da natureza. Um ser quase imaginário.

Eu pago o mico de ser ornitorrinco. Ninguém perdoa. Lucas, o estranho. A cobrança começa em casa, com minha mãe falando a toda hora que um cara que fica o dia inteiro trancado no quarto não pode ser normal (ela não considera as manhãs que passo na escola ou as tardes em que vou jogar *videogame* na casa do Igor como "fora do quarto"). Continua com meu pai lamentando que não há o que se esperar de um filho que não sai da internet, que não pratica esportes, que jamais quebrou a cara de outro moleque, que está sempre grudado em livros e revistas em quadrinhos, que tem tatuagens pelo corpo todo e, para seu maior desgosto, ainda pinta o cabelo de azul (ele também incluía *não namorar* na lista, mas parou de falar nisso depois que me viu com Júlia; acho que aí recuperou a esperança de ter descendentes).

Quando meus pais entram em meu quarto para dar sermão, já sei o *script* de cor. Parece que repetem o texto decorado de uma peça que jamais sai de cartaz. Eles são os atores e eu, a plateia – uma plateia entediada, mas plateia. O *show* começa invariavelmente com: "Tira esses fones do ouvido, por favor, porque agora você vai me escutar". Cinco minutos depois, o drama chega ao clímax e a fala é: "Onde foi que nós erramos?". Mais cinco minutos e chegamos ao *gran finale*: "Você nunca vai ser alguém na vida!". Baixa o pano e bato palmas. Não porque eu tenha gostado do espetáculo, mas porque finalmente ele terminou e posso colocar de volta meus fones de ouvido.

Eu. Lucas. O estranho no ninho.

Estranho fora do ninho também, porque na escola não é diferente. Perdi a conta dos apelidos que me dão. Nerd, Geninho, Quatro-olhos, Extraterrestre, Geek, Filhote de Pen Drive. Minhas notas altas não ajudam em nada na socialização. Cê-dê-efe, Passa-cola, Caxias, Puxa-saco. Me chamam de tanta coisa que acho que nem devem se lembrar que o meu nome é Lucas.

Por causa dessas gracinhas, fui me sentindo cada vez mais isolado. Então parei de me esforçar pra fazer amizades. Quem é que quer ser amigo de um esquisito?

Nas aulas de educação física, zoam da minha magreza e da minha dificuldade pra executar seja o exercício que for. É difícil fazer direito uma coisa para a qual você não dá nenhum valor. Eu bem que me esforço, mas trocaria todos os abdominais do mundo pela leitura de dez minutos de um gibi do Batman. Até hoje não consegui dar um pulo sequer sem derrubar aqueles trecos que o professor empilha pra gente saltar. Os caras da minha turma chegam a cruzar os braços bombados (Caramba, acham lindo aqueles braços; parece que todos eles nasceram dentro de uma academia!) à espera do momento em que eu me esborracho no chão. Aí se matam de rir.

Às vezes, consigo ficar na minha e encontro um pouco de paz enfiando o nariz num livro, mas os caras quase não me dão trégua. É perseguição mesmo. A gente vê por aí as pessoas chamando de *bullying* o que devia ser chamado de covardia. Que nome dar pra um monte de caras contra um? Eles chegam detonando, tiram o livro da minha mão e falam alguma merda do tipo: "Olha só, lendo *Lolita*, o *nerd* gosta de sacanagem!". Não entendem nada. Bando de babacas!

O mais chato é que as meninas também participam disso tudo. Eu morro de vergonha e fico ainda mais tímido do que já sou. Claro que minhas chances com elas estão reduzidas a zero. O pior não é quando riem das piadas cretinas que os garotos fazem. Duro mesmo é o olhar de piedade que algumas me lançam, como se eu fosse um coitadinho que não sabe se defender. Nessa hora sinto o carimbo na testa: esquisito!

Minha vida na escola seria infernal se não fosse o Igor. A gente ficou amigo no início do ensino médio e não se desgrudou mais. É claro que os colegas perguntam se estamos noivos e quando vamos nos casar. Porque o Igor é *gay* e a marcação sobre ele ainda é pior. Eu nunca entendi por que os *gays* incomodam tanto os machões. A mais simples das teorias freudianas pode explicar isso, mas os trouxas machistas não são chegados em psicanálise. É só o Igor abrir a boca para o pessoal começar a assobiar fiu-fiu e a dar gritinhos histéricos. O louco é que Igor não faz o tipo espalhafatoso, só não esconde que é *gay*. Ele diz: "Mano, sei que dou a cara a tapa, mas não vou fingir que sou outra pessoa". O máximo da bandeira que dá são as camisetas de Mulher-Maravilha ou com foto do James Dean em *big close*, que ele usa, penso eu, mais por rebeldia do que por qualquer outra coisa.

Gostei do Igor logo de cara, principalmente depois que ele pôs sobre a carteira o livro do Jack Kerouac. Cara, eu adoro *On the Road*! Já li umas mil vezes. Foi falando sobre Jack e os autores *beats*, no intervalo da aula, que nossa amizade começou. Hoje posso dizer que não tem ninguém nesse mundo com quem eu me identifique mais do que o Igor. Ele é o amigo que eu sempre quis ter. Amigos de internet a gente tem de monte, mas amigo de verdade é outra coisa. Confiança, esta é a palavra. Sei que posso contar com Igor em qualquer parada. Até que a perseguição dos colegas prestou ao menos para isso. Ajudou a nos unir.

Se bem que Igor tem um jeito diferente de lidar com a coisa. Nunca se intimida, apesar das agressões. Ele me lembra o gato que viajou no navio de Sir Shackleton, o explorador da Antártida. Li uma vez que a diversão do Senhora Chippy – depois descobriram que era macho, mas o nome já tinha pegado – era passear pelo convés onde ficava uma matilha de cães semisselvagens usados pra puxar trenós no gelo. Ele sabia que todos estavam muito bem acorrentados, então fazia sua minuciosa higiene a poucos centímetros de onde podia ser alcançado, lambendo-se impassível sob uma sinfonia furiosa de rosnados e latidos. Igor responde às provocações usando seu bom humor, fazendo ironias que nem sempre são entendidas pelos caras (o que faz com que rosnem e ladrem com mais ódio), mas com as quais ele próprio se diverte. Vive me dizendo que ser rejeitado por *essa gente* é um elogio.

A verdade é que Igor acumula muito mais horas de navegação contra a corrente do que eu. A família teve um troço quando soube qual era a dele. Me contou que durante um tempo não via motivo para abrir o jogo com os parentes porque achava que sua sexualidade só interessava a ele e a seus parceiros. Um dia deu na cabeça de falar sobre o assunto com o irmão mais novo, que se encarregou de espalhar pro restante da casa. O mundo caiu.

– O saco é que agora, mano, toda vez que tem novela com *gay* na televisão, eles ficam me enchendo para assistir. O bizarro é que falam do personagem com mais carinho do que quando se referem a mim!

Na primeira vez que nos encontramos fora da escola, passamos horas conversando sobre coisas que a gente gosta, ficção científica, bandas de *rock*, Edgar Allan Poe, *V de Vingança*, *O Hobbit*, Tim Burton, OSGEMEOS. Ele viu *Star Wars* um monte de vezes, como eu, e disse que tinha todos os filmes do Hitchcock, mas que o preferido era *Psicose*. Sabia de cor cada cena. Norman Bates, o esquisitão.

Nesse mesmo encontro, descobrimos outra coisa em comum: a arte de Edward Hopper. Inventamos uma espécie de jogo que tem a ver com o quadro *Compartimento C, Vagão 293*. Nele, uma mulher viaja sozinha num vagão vazio de trem e ocupa o assento do corredor. O lance é encontrar um motivo para ela não ter se sentado na janelinha, já que o assento está vazio e há uma linda paisagem passando lá fora.

– Note que a janela está fechada. Ela tem medo de espaços abertos – eu disse. – Sofre de agorafobia.

– Que nada! – replicou Igor. – Ela está esperando que um bonitão se sente ao lado dela.

Rimos muito e até hoje jogamos o "Mulher no Vagão", que foi como batizamos a brincadeira.

Falamos tanto nesse dia que não vimos a hora passar. Quando nos despedimos, Igor veio com essa:

– Ah, e antes que eu me esqueça, você não faz o meu tipo, o.k.?

Fiz cara de quem não tinha entendido muito bem, e ele me explicou que quase sempre que fazia amizade com hétero, o cara confundia o lance com uma cantada, como se, para um *gay*, uma genitália bastasse. Rebati:

– Talvez isso o decepcione, mas você *também* não é o meu tipo.

Caímos na gargalhada e nos despedimos trocando soquinhos. Estava selada ali a amizade tipo amigos-pra-sempre.

Foi Igor quem me apresentou Júlia. Ela é sua melhor amiga, se conhecem desde pequenos e têm uma comunicação quase telepática. Ele me falava dela o tempo todo, sempre dizendo que Júlia era demais e que eu precisava conhecê-la. Cheguei a pensar que ela também fosse *gay*, principalmente depois de o Igor me contar que a Júlia usava coturnos e lutava *kung fu* pra se defender de "machões boçais". Tenho um pouco de vergonha dessa primeira impressão. Preconceito é uma coisa traiçoeira, que pega a gente pelas costas, basta bobear um pouco.

Não achei Júlia tão linda como Igor descrevia, nem senti tesão por ela logo de cara, mas gostei da tatuagem do Darth Vader em seu ombro e também do cabelo curtinho, com mechas em tom fúcsia. A real é que Júlia mal me olhou.

Ficou o tempo todo de cabeça baixa e respondeu minhas tentativas de puxar conversa com monossílabos. Tanto que só percebi o *piercing* que ela tem na sobrancelha no nosso segundo encontro.

Igor me ligou ansioso para saber o que eu tinha achado dela e falei a verdade. Júlia era legal, mas um pouco... *estranha*. Ele gargalhou no celular:

– Então se cuide, porque estranho atrai estranho!

Nós três voltamos a nos reunir poucos dias depois. Assim que a vi, pensei que, para quem queria se defender de machões boçais, ela estava usando uma saia muito curta. Logo em seguida, percebi o quanto meu pensamento era asquerosamente machista. Será que Júlia só despertava em mim coisas meio trogloditas? Por certo teria levado um golpe de *kung fu* se eu tivesse me expressado em voz alta. Não pude deixar de rir com esse pensamento.

 Continuamos tímidos um com o outro, mas dessa vez conversamos um pouco mais, já que Igor providenciou uma desculpa para se mandar e nos deixar a sós. Ela me contou que adorava mangás. Tinha baixado *Amigara Dansô No Kai* no *tablet* e achou que tinha o suspense igual ao das histórias sinistras de *Lovecraft*. Combinava com ela. Até hoje acho Júlia uma mistura de rebeldia e fragilidade, de sombra e luz, de claros e escuros, assim tipo os quadros do Caravaggio. Ainda nesse segundo encontro me contou que era órfã de pai e que ela não morava com a mãe, mas com uma tia. Respondeu com um longo silêncio quando perguntei a razão disso. Tirou os olhos do chão e me encarou pela primeira vez. Na hora não entendi, mas era um pedido de socorro.

Aos poucos fui descobrindo a verdadeira Júlia. Era inteligente, divertida e linda, cada dia mais linda, com olhos grandes de garota *anime*, que ficavam ainda maiores atrás das lentes dos óculos (é um clichê: tipos como nós sempre usam óculos). Uma hora com chapéu, em outra com lenço amarrado nos cabelos; uma hora de tênis, em outra de havaianas; uma hora de *jeans* esburacados, em outra de minissaia. Mais metamorfose ambulante, impossível. Passamos a nos encontrar com frequência na casa do Igor para jogar *videogame*. Quando não era Mario Kart, era Super Smash Bros., o nosso preferido. Ali, de controle na mão, os três espremidos no sofá, pulando, gritando e xingando, a gente às vezes se tocava, mas fingia que não tinha percebido. Foi assim, comemorando uma vitória, que criei coragem para um abraço mais demorado. Ela não me rejeitou, chegou a recostar a cabeça em meu ombro, mas continuamos no clima do "não tô nem aí".

Para que fôssemos de fato um trio inseparável, Júlia precisava ser apresentada ao nosso jogo "Mulher no Vagão". Ela conhecia Edward Hopper, mas não se lembrava desse quadro específico. Recorremos ao Google. Ela olhou para a imagem por alguns segundos e mandou:

– Ela é do tipo que se levanta a todo instante pra ir ao banheiro. Então se sentou ao lado do corredor pra não atrapalhar ninguém.

– Que ninguém? – perguntou Igor. – O vagão parece vazio.

O pensamento de Júlia vagueou. Sem tirar os olhos da imagem e sem responder a Igor, ela disse:

– Esse quadro é de uma solidão de gelar a alma. – Silenciou um instante e prosseguiu: – Tenho certeza de que essa mulher é uma esquisita. Gostaria de me sentar ao lado dela e dizer: "Tamos juntas!".

Dessa vez não rimos. A coisa ficou tensa. Pesou o lado escuro do ser.

Notei que Júlia podia passar assim de repente de adorável para estranha. Eu precisava me reprimir para não rotular essas mudanças como coisas de mulher, mas um dia, na casa do Igor, assistimos à passagem do "furacão Júlia". Igor tem uma imaginação incontrolável e inventa as maiores maluquices – seu sonho é fazer teatro e se transformar em um grande ator. Apareceu no quarto com um monte de roupas do pai e da mãe dele e propôs que a gente se vestisse com elas e fingisse que estava numa festa de bacanas. Tudo ia bem, os três improvisando umas falas e rindo pra caramba, até que o Igor disse que éramos pai, mãe e filho. Júlia arrancou o vestido na mesma hora, jogou longe o colar e os sapatos de salto alto, gritando que não ia representar merda de família nenhuma. Fiquei sem entender nada e entendi menos ainda quando ela despencou no maior choro.

Mais tarde, a sós com Igor, perguntei se ele sabia a razão daquelas mudanças de humor de Júlia, daqueles silêncios repentinos, daquele olhar que passava do brilho à fúria. Ela parecia esconder um segredo. Igor me disse que sabia a razão daquilo tudo, mas que Júlia era a sua melhor amiga, do mesmo modo que eu era o melhor amigo dele, e que nem morto trairia nossa confiança contando intimidades de um para o outro. Eu que descobrisse por conta própria.

Nem precisava desse toque. Eu estava decidido a decifrar Júlia. Igor tinha toda razão. Esquisito atrai esquisito. Eu já não fazia mais nada senão pensar nela de manhã, de tarde e de noite.

●●●

2

Começamos a namorar para valer num dia nublado, que teve chuva de granizo seguida de um baita frio, um dia saído das páginas de Stephen King (que clima podia ser melhor pra marcar o início do namoro de dois esquisitos?). Estávamos sozinhos em meu quarto. Isso já vinha acontecendo há algum tempo. Muitas vezes a gente se encontrava em minha casa para ler ou ouvir música, e o Igor podia ou não se juntar a nós. Resolvi abrir o jogo. Disse que às vezes eu achava que ela me escondia algo e que se isso fosse verdade, estava na hora de me contar. Éramos mais do que amigos. Ela podia confiar em mim.

Júlia me olhou daquele jeito dela, meio de lado, olhos semicerrados, aquele olhar de raio X que parecia escanear meus pensamentos, ela que já tomava o lugar de minhas super-heroínas das HQs. Depois de mais um de seus silêncios sem fim, para meu espanto, ela me disse:

– Você quer saber? Eu conto, mas, por favor, não venha pedir depois pra que eu pare de chorar.

Então se pôs a falar com uma voz que eu ainda não conhecia, tão fraca que dava impressão que podia sumir a qualquer momento. Me contou que alguns anos após a morte do pai, sua mãe se casou de novo, com um "machão boçal" que enchia a cara de cerveja e comia as mulheres com os olhos mesmo na frente da mãe. Um escroto. Ela sentia nojo dele. Numas férias, foram os três para a praia; Júlia estava então com quinze anos. Ela nunca suportou longas exposições ao sol; logo vira um pimentão por causa da pele muito branca, mesmo que coberta por litros de protetor solar. Resolveu então voltar para casa. O padrasto a acompanhou com o pretexto de apanhar mais bebida na geladeira. O caminho de areia entre a praia e a casa era cercado por manguezais. Júlia não guardou na memória a sequência completa de tudo o que aconteceu. Lembra que estava de biquíni e canga amarrada na cintura quando sentiu a mão do padrasto descendo pelas suas costas. As pernas fraquejaram e, mesmo cambaleando, tentou se afastar, mas ele tapou sua boca e a arrastou para o meio das árvores. Não sabe dizer quanto tempo durou. Quando voltou a si, estava sozinha, sentindo muitas dores, como se tivesse levado uma surra. Foi pra casa, se sentia em choque, com nojo de si mesma. Tomou um banho demorado, em prantos, e ainda estava chorando quando a mãe chegou. Contou a ela o que tinha acontecido, mostrou os hematomas, o corpo todo tremia. A mãe enlouqueceu, começou a gritar, mas não eram palavras de consolo. Berrava que era nisso que dava se insinuar por aí, ir quase nua à praia. O que ela queria? O padrasto era um homem, reagiu como qualquer homem reagiria. Ainda surtada, foi para o quarto dela, xingou e atacou o marido a unhadas, mas a briga terminou na cama. No dia seguinte, pareciam dois pombinhos, como se nada tivesse acontecido.

– Minha mãe não se separou de meu padrasto. O jeito foi eu mudar pra casa da minha tia.

Eu estava tomado por uma raiva ao mesmo tempo feroz e impotente quando Júlia terminou de falar. Aquela menina linda e inteligente, que eu amava tanto, não tinha me revelado um segredo, mas um crime. Comecei a chorar também, sem controle, e apertei Júlia em meus braços. Eu só queria dar a ela todo o amor desta vida, todo o amor de que eu fosse capaz.

A emoção nos fez esquecer da timidez. Nos beijamos demoradamente, e foi com muitos beijos que passamos nossa primeira noite juntos. De manhã, meu pai nos viu saindo do quarto. Pela cara dele, deu para sacar que levou um susto, mas deve também ter suspirado de alívio. Talvez eu não fosse um caso perdido. Netos, netos, netos, e que o primeiro que nascesse fosse homem.

●●●

3

Conhecer a dor secreta de Júlia aproximou ainda mais nós três. Igor, ela e eu passamos a nos ver todos os dias. Juntos vamos ao cinema, juntos fuçamos sebos e livrarias, juntos viajamos para vários lugares, algumas vezes para o litoral (Júlia tenta fazer as pazes com o mar).

Um dia, Igor chegou ofegante:

– Galera, vai ter *cosplay* o mês que vem! Topam?

Topamos na hora. Era a chance de nos fantasiarmos com as roupas de nossos heróis preferidos. Mais difícil foi decidir qual, já que muitos eram os preferidos. Júlia decidiu sem titubear:

– Vou de Luna Lovegood.

Nem foi tão surpreendente. Luna tinha tudo a ver com ela.

Igor disse que veio pelo caminho pensando em mil personagens, mas que iria de Harry para fazer companhia a Júlia.

Eu continuava indeciso. Pensei em The Flash, Naruto, Coringa, até que Júlia sugeriu:

– Por que você não vai de Camus dos Cavaleiros do Zodíaco? O cabelo azul você já tem.

Achei a ideia muito boa. O passo seguinte foi comprar todos os apetrechos para fazer as fantasias. Passamos semanas ocupados com isso. Sob a supervisão de Igor, um mês depois estava tudo em cima.

– Vamos ganhar os prêmios, alguém duvida? – perguntava ele, cheio de orgulho.

No dia do evento, lá fomos nós. Incrível a sensação de andar pela cidade vestindo as roupas de nossos heróis. Parece que entramos em outra dimensão, que passamos pelo portal da vida real e entramos no mundo da imaginação. Formávamos um trio extravagante e animado. Os três muito leves, rindo de qualquer coisa.

No caminho, passamos por um beco coberto de grafites. Uma galeria de arte a céu aberto. Cranio, Finok, Kobra, Speto, Renan Santos... Só grafiteiro fera. Ficamos um instante por ali, distraídos, quando dois caras surgiram do nada. Um deles falou alto para que ouvíssemos:

– Olha aqueles palhaços que se vestem como criancinhas!

– O carnaval já passou, manos! – provocou o outro.

Eu sei, estou careca de saber. Diante de bestas-feras, o melhor é ficar na sua, fazer a egípcia, sair de mansinho... mas quando vi já tinha levantado o dedo médio em direção a eles.

Um dos caras partiu direto pra cima de mim e começou a me empurrar contra a parede. Igor tentou nos separar, mas também foi empurrado pelo outro valentão. Meu agressor apertava meu pescoço com as duas mãos enquanto eu tentava escapar com chutes e socos inúteis. O cara parecia feito de concreto armado. Júlia se aproximou e berrou no ouvido dele:

– Larga ele, babaca!

No mesmo instante, o troglodita se voltou para ela:

– A gata quer levar porrada também?

Foi aí que aconteceu algo que mais pareceu cena de filme. Júlia deu um salto e veio pra cima do adversário com rápidas rotações do corpo e movimentos precisos e ágeis de braços e pernas. Já não era mais Júlia ou Luna Lovegood, mas sim Mia Wallace materializada ali diretamente de *Pulp Fiction*. A coisa terminou em segundos, com o cara caído no chão e o coturno de Júlia sobre o peito dele.

Nos afastamos em silêncio, certos de que os trogloditas nos seguiriam, não iam deixar barato, mas eles ficaram lá, ainda tentando entender o que havia acontecido. Longe do beco, já nos sentindo em segurança, abraçamos e beijamos nossa heroína. Júlia não parecia muito feliz, nem orgulhosa. Disse que o *kung fu* era mais que uma luta, era uma prática espiritual baseada na filosofia chinesa. Quisera não precisar fazer uso dela para se defender. Preferia mil vezes a paz e o equilíbrio que o treinamento lhe proporcionava.

– Estou cansada da violência do mundo!

– Que nada, você foi absolutamente fantástica! – disse Igor. – Parecia a Uma Thurman! O cara ficou desentendido!

– O que fiz foi usar a força do adversário contra ele mesmo. Estilo Garça Branca – explicou Júlia. – Conta a lenda que um mestre chinês viu uma garça lutando com um macaco. Ele observou os movimentos de asas e pescoço que ela fazia para se defender e adaptou-os ao *kung fu*.

– E quem ganhou a luta?

– Quem você acha? A garça, claro!

Caímos na risada, e eu, entre surpreso e agradecido, brinquei:

– E agora você precisa inventar o estilo ornitorrinco!

Mais risos.

Chegamos ao evento de *cosplay* de mãos dadas. Três amigos, três mosqueteiros, três ornitorrincos.

Depois daquele dia, descobri que não são apenas os momentos bons, cheios de livros, música, *games*, diversão e afinidade, que aproximam as pessoas. A dor, o medo e a solidão também funcionam como elos, como ímã, como sintonia fina.

A violência que sofremos nos uniu mais ainda. Como já havia acontecido com o *bullying* e o segredo de Júlia.

●●●

4

Sou estranho? Então tá. Sou esquisito? Tudo bem, não sou o único. Estranho atrai estranho. Somos um trio de esquisitos. Com grande chance de virarmos um quarteto. Igor não para de falar num tal Gustavo. Um cara que anda de *skate*, adora histórias de terror, coleciona *funkos pop* de super-heróis, ouve Mutantes e Billie Eilish, e sai pela madrugada cobrindo de grafites os muros cinzentos da cidade. Sei também que não somos os primeiros nem seremos os últimos esquisitos do planeta. A chegada de Gustavo me fez pensar nisso. Somos uma legião.

Van Gogh • Allen Ginsberg • Janis Joplin • Cazuza •
Frida Kahlo • Arthur Rimbaud • Pier Paolo Pasolini •
Raul Seixas • Charles Bukowski • Virginia Woolf •
Jim Morrison • Clarice Lispector • Jorge Mautner •
Oscar Wilde • Isadora Duncan • Michael Jackson •
Pagu • Albert Einstein • Paulo Leminski • Kurt Cobain •
Jack Kerouac • Itamar Assumpção • Lou Reed •
Andy Warhol • Erick Satie • Lima Barreto • Bob Dylan •
Edgar Allan Poe • João Gilberto • Arnaldo Antunes •
Robert Crumb • John Lennon • John Fante • Rita Lee •
Aleijadinho • Fernando Pessoa • Jean Genet • Gal Costa •
Madame Satã • Gregório de Matos • Mick Jagger •
Josefine Baker • J. D. Salinger • Julio Cortázar •
Toulouse-Lautrec • Luz del Fuego • Salvador Dalí •
Hilda Hilst • Liniker • Nise da Silveira • H. P. Lovecraft •
Ney Matogrosso • Sex Pistols • Leonardo da Vinci •
Caetano Veloso • William Burroughs • Leila Diniz •
Lewis Carroll • Tim Burton • Patti Smith • Yoko Ono •
Stephen King • Almério • Arthur Bispo do Rosário •
Oswald de Andrade • José Celso Martinez • Lady Gaga •
Charles Baudelaire • Torquato Neto • David Bowie •
Guto Lacaz • Santos Dumont • Décio Pignatari •
Chica da Silva • Amy Winehouse • Luiz Melodia •
Roberto Bolaño • Yukio Mishima • Robert Mapplethorpe •
Irmãos Marx • Elza Soares • Rubem Fonseca •
Pedro Almodóvar • Renato Russo • Emicida.

NÃO SEI, MAS ESTOU QUASE CERTO DE QUE SÃO

AS PALAVRAS, AS CORES E OS SONS DOS ESQUISITOS QUE ILUMINAM O MUNDO.

Claudio Fragata

Nasceu em Marília, interior de São Paulo, em 1952. Vive há tantos anos na capital que já se considera paulistano. Formado em Jornalismo pela FAAP, trabalhou como editor da revista *Recreio* e dos manuais da Turma da Mônica. Hoje, dedica-se apenas à literatura e tem mais de trinta livros publicados. Em 2014, foi vencedor do Prêmio Jabuti com a obra *Alfabeto escalafobético*. Recebeu o selo Cátedra de Leitura da Unesco/PUC-RJ com o livro *João, Joãozinho, Joãozito*, que conta a infância do escritor João Guimarães Rosa. Esse mesmo livro foi finalista do Prêmio Jabuti 2017. Em 2019, seu livro *O tupi que você fala* foi selecionado para a campanha Leia para uma Criança, patrocinada pelo Banco Itaú. Tradutor e adaptador de obras importantes, como *Viagem ao centro da Terra*, de Júlio Verne, e *Zero, pra que te quero?*, de Gianni Rodari, Claudio divide seu tempo escrevendo e cuidando de seus três gatos: Sushi, Filé e Mignon.